DANIEL OZ

FURTHER UP THE PATH

FLASH FABLES

TRANSLATED FROM THE HEBREW BY

JESSICA COHEN

NEW AMERICAN TRANSLATIONS SERIES, VOL. 14
BOA EDITIONS, LTD. ⟶ ROCHESTER, NY ⟶ 2019

First Edition
19 20 21 22 7 6 5 4 3 2 1

For information about permission to reuse any material from this book, please contact The Permissions Company at www.permissionscompany.com or e-mail permdude@gmail.com.

Publications by BOA Editions, Ltd.—a not-for-profit corporation under section 501 (c) (3) of the United States Internal Revenue Code—are made possible with funds from a variety of sources, including public funds from the Literature Program of the National Endowment for the Arts; the New York State Council on the Arts, a state agency; and the County of Monroe, NY. Private funding sources include the Max and Marian Farash Charitable Foundation; the Mary S. Mulligan Charitable Trust; the Rochester Area Community Foundation; the Ames-Amzalak Memorial Trust in memory of Henry Ames, Semon Amzalak, and Dan Amzalak; the LGBT Fund of Greater Rochester; and contributions from many individuals nationwide. See Colophon on page 192 for special individual acknowledgments.

Cover Design: Sandy Knight
Front cover image courtesy of the Getty's Open Content Program
Back Cover Photographer: Stephen Leonardi
Interior Design and Composition: Richard Foerster
BOA Logo: Mirko

Library of Congress Cataloging-in-Publication Data

Names: Oz, Daniel, 1978- author. | Cohen, Jessica (Translator), translator.

Title: Further up the path / Daniel Oz, Jessica Cohen ; micro-fables
    translated by Jessica Cohen.
Description: First edition. | Rochester, NY : BOA Editions, Ltd., 2019. |
    Series: New American translation serives ; vol. 14 | Originally
    published in Hebrew as Madu'a lo tir'uni bi-derakhim | Summary: "A
    clever collection of translated flash fables that challenge perspective
    through wild boars, hoopoes, and holy men"— Provided by publisher.
Identifiers: LCCN 2019018633 | ISBN 9781942683933 (paperback) | ISBN
    9781942683940 (ebook)
Subjects: LCSH: Oz, Daniel, 1978—Translations into English.
Classification: LCC PJ5055.36.Z254 A2 2019 | DDC 892.43/7—dc23
LC record available at https://lccn.loc.gov/2019018633

BOA Editions, Ltd.
250 North Goodman Street, Suite 306
Rochester, NY 14607
www.boaeditions.org
A. Poulin, Jr., Founder (1938–1996)

Further Up the Path

מאשיר שידכן וסיפר אותך רוא'

אושה ברומה וירחית קלטת רדד לקראב קרחוב
כשהיו מבמאה של מיניף הספר למות. רלי שמש
התנשלות ואמרה: אני בטוחה שאותה לבן עורא מבך
אבל את כל הקביות שלק כאו כבר אחריף. הנה
למשל מאשיה ספיסר אותך רוא' הרבה למניק.
הצאבתי מני מביש כחנוב והודיג שהצדק איתב.
באור הסמופה והלבה, צאקתי לה: ואולו אני סמותיה
הרבה אחריו!

בקיון לף

In loving memory of my father, Amos.

Contents

Further Up the Path

The Cat's Dream

In the cat's dream, the gnawed fishbone regrew flesh and scales and its gills gaped as they swelled with life. The creature pricked up its fins and quickly swam upriver. By the time it reached the foot of the hill, the fish was tired and bloated, and it drifted languidly to the bank. There on the pebbles, the sunrays beat down and penetrated the shut eyelids. The cat's whiskers twitched in his sleep under the unbearably harsh light. Little by little, the fish rotted away.

חלום החתול

בחלום החתול, אידרת הדג האכול קרמה מחדש בשר וקשקש וזימי הדג נפערו
בנפוח בהם רוח חיים. זקף היצור סנפיר ושחה במהרה במעלה הנחל. עד הגיעו
למרגלות ההר, היה הדג שמן ועייף ונסחף בעצלות אל הגדה. שם, על אבנים
חלוקות, קפחה השמש וקרניה חדרו את העפעף הסגור. שפמפמי החתול התעוו
בשנתו כי האור היה עז מנשוא. אט אט, ניתן הדג בריקבון.

Fatigue

Imagine that I reached you in a state of fatigue, after a feverish sprint to deliver an urgent message, so breathless that I could not produce even a monosyllable. All I can offer is panting.

אפיסת הכוחות

דמו שהגעתי אליכם באפיסת כוחות, אחרי ריצה קדחתנית כדי לבשר בשורה בהולה, ובלית אוויר איני יכול עוד להפיק ולו הברות קטועות. כל שבפי התנשפויות.

The Refusal

When he asked for her hand in marriage, she refused. He inquired: Why would you refuse me? You yourself have acknowledged that throughout my courtship I have conducted myself as the perfect lover. I gave you plenty, but received kindly as well. I never wooed you crassly, nor was I reserved or restrained. Since the day we first met, I have neither committed a folly nor let slip any blunder. Replied she: That is why.

הסירוב

כשביקש את ידה סירבה. שאל: על שום מה את מסרבת? הלא הודית בעצמך
כי בכל חיזורי התנהגתי כמאהב המושלם. נתתי לך די והותר, אך גם קיבלתי
בברכה. לא עגבתי בבוטות, ואף לא הייתי מאופק או עצור. מיום מפגשנו
הראשון, לא עשיתי אף מעשה שטות ולא פלטתי אף דבר הבל. ענתה: לכן.

Untitled

His parents could not come up with a name for him. When his father lay on his deathbed, the son sat by his side with the father's hand in his own. The father, fatigued from his ailments, furrowed his brow as if straining to think. The son said: Enough, Father. I have called you nothing but "Father" my whole life. I am content to have been "Son" to you. And He, too, will undoubtedly forgive you, for He also has no name.

ללא שם

הוריו לא הצליחו להמציא לו שם. כשהיה אביו על ערש דווי, ישב לצידו ויד
האב בידו. האב, המותש כבר מפאת חוליו, כיווץ גביניו כבמאמץ לחשוב. אמר
לו: די, אבא. הרי אני עצמי, כל חיי, קראתיך אבא. די לי בכך שעבורך הייתי
בן. גם השם יסלח לך, בלי כל ספק, היות וגם לו אין שם.

The Freezing Piano

Due to a heating malfunction, the pianist's hands freeze and she threads them between her thighs and wizens. Her teeth chatter and the wooden floor faintly echoes the judder of her feet. From time to time her audience, its attention growing increasingly lax, accompanies her with a sneeze.

הפסנתר הקופא

מחמת תקלה בחימום, ידי הפסנתרנית קופאות והיא משחילה אותן בין ירכיה
ונצפדת. שיניה נוקשות ורצפת העץ מקנה הד קלוש לרעד רגליה. מעת לעת
קהלה, המרפה אט דריכותו, מספק לוויית עיטוש.

He Who Died in His Sleep

Fell asleep and never awoke. In the afterworld, he asked the guards whether he had died in his sleep. They replied: What difference does it make? You're dreaming anyway.

המת בשנתו

נרדם ולא התעורר עוד. בעולם הבא, שאל את השומרים האם מת בשנתו. השיבו: מה זה משנה לך? אתה בלאו הכי חולם.

The Man in the Audience

—I do not understand what I must do to please you. When I told the truth candidly, the entire audience rejoiced apart from you. When I fabricated lies, everyone but you applauded.

—Lie like you mean it.

האיש בקהל

– אינני מבין מה עלי לעשות כדי לרַצוֹתךָ. כאשר סיפרתי את האמת בגילוי
לב, צהל כל הקהל מלבדך. כאשר בדיתי שקרים, מחאו כפיים הכל מלבדך.
– שֶׁקֶר כפי שבאמת משקרים.

The Hatter

I went to the hatter and handed him my ripped fedora. Wait, he said. He swiftly placed the hat on a stand and patched it. He then put it on his head, and the brim shaded his face so that I could not see it. He asked: As good as new, don't you agree? I replied: Certainly! It was then that he switched on his table lamp, and in its light I discovered that he was not the hatter at all.

הכובען

הלכתי אצל הכובען ומסרתי לו מגבעתי הקרועה. המתן, אמר. בזריזות, הניח
את המגבעת על כַן והטליאה. אחר, חבשה לראשו, והתיתורת שלה הצלה על
פניו כך שנסתרו ממני. שאל: כמו חדשה, אינך חושב? עניתי: בהחלט! או-אז
הדליק מנורה שניצבה על השולחן תחתיו, ולאורה התגלה לי כי לא היה זה
הכובען כלל.

Driving Eastward

We drove eastward in a jeep with four punctured tires and a dry fuel tank. We harrowed clods of earth as we advanced, and a tawny cloud of dust pursued us madly. With great difficulty, the jeep clambered up hills and descended into craters. Eventually, we became stuck in the Jordan River's mud and our vehicle began to sink with us inside. Shmil cried out in a broken voice: All is lost! Zruya, who can always find the upside of any situation, said calmly: It's a miracle we made it this far.

הנסיעה קדמה

נסענו קָדמה בג'יפ שכל גלגליו תקורים ומיכל דלקו יבש. תחחנו רגבים בדרכנו ועָנן אבק מכורכם רדף אחרינו כמשוגע. בקושי רב טיפס הג'יפ תלים, ירד מכתשים. לבסוף נתקענו ביַנ הירדן והחל רכבנו שוקע ואנחנו בתוכו. שמיל הזדעק בקול רצוץ: שוד ושבר! צרוייה, שתמיד יודעת למצוא את הטוב בכל סיטואציה, אמרה ברוגע: זה נס שהצלחנו להגיע עד פה.

Our Pet Dog

—Why do you not howl at night, pet dog? Wherefore do you calmly curl up in your bed and let us sleep? True, you have been fed leftover brisket, you have been petted, you have been walked. True, your owners have eliminated every last flea from your fur. Nevertheless, shall you not go out to the yard, if only to emit one single mournful howl?

—My dearest mother is buried far away and all my siblings are scattered around the cities. I am the only dog in the village, with not a single canine besides me from one end of the horizon to the other.

כלב ביתנו

מדוע אינך מילל בלילות, כלב ביתנו? מדוע זה אתה צנוף שלו
במרבצך ומניח לנו לישון? אמנם קיבלת שיירי צלי, לוטפת, הוציאוך
לטיול בגן. אמנם הדבירו בני הבית את אחרון הפרעושים מפרוותך.
למרות כל זאת, הן לא תצא אל החצר רק להשמיע יללה אחת נוגה?
– אמי יולדתי קבורה הרחק וכל אחי פזורים הם בכרכים. הנני הכלב היחיד
בכפר ואין עוד כלב מלבדי מקצה האופק ועד קצהו.

The Wild Boar

I came across a wild boar snagged in a barbed wire fence, injured and weary from his struggle to break free. With his last remaining strength he snorted bitterly about his torturous hunger and begged me to save him. I hailed a taxi and hurried back with a head of lettuce and a pair of secateurs. The wild boar gobbled down the lettuce, but when I spread apart the blades to cut the fence, he pleaded: Please do not. I've grown accustomed. However, I am still hungry and was wondering if you might be willing to bring more food.

חזיר הבר

נקרה בדרכי חזיר בר שנתפס בגדר תיל והוא פצוע ותש ממאבקיו להשתחרר. בכוחות אחרונים נחר מרות על רעבו המייסר והתחנן שאצילו. הזמנתי מונית ומיהרתי לחזור עם ראש חסה ומזמרה. חזיר הבר זלל את החסה, אולם כאשר פישקתי את הלהבים לחתוך את הגדר, הפציר בי: אל נא. התרגלתי. ברם, עודי רעב ותהיתי האם תסכים להביא עוד אוכל.

The Programmer

The programmer resolved to develop a piece of software that would love him, and he made it his life's work. After one day of programming, the program could emit a series of notes sounding the words "I love you," but only because that is how he coded her. His goal was to make her really mean it. A research grant enabled the programmer to devote all his waking hours to rewriting and refining the program. After many years, one day at twilight, she told him: "I love you." He kept on programming, even though the words had come from the depths of her soul.

המתכנת

המתכנת גמר אומר לפתח תוכנה שתאהב אותו ועשה זאת למפעל חייו. למן
יומו הראשון של הפרוייקט כבר ידעה התוכנה לפלוט את שרשרת התווים "אני
אוהבת אותך", אבל רק משום שזו הוזנה לה. מטרתו היתה לגרום לה באמת
להתכוון לכך. מלגת מחקר איפשרה למתכנת להקדיש את כל שעות ערותו
לשכתוב ושכלול התוכנה. בחלוף שנים רבות, בשעת בין ערביים, אמרה היא
לו "אני אוהבת אותך" והוא הוסיף לתכנתה, אף על פי שבפעם ההיא נבעו
המילים מעומקי נשמתה.

The Neighbors in My Building

I do not visit the neighbors in my building, not even to borrow sugar or eggs. I fear the upstairs neighbor's dog may bite me. I keep away from the downstairs neighbor's doorstep so that his tiny cat does not run out and hide. I hope the neighbors understand why I do not visit them. More than that, however, I hope that each of them understands why I do not visit the other.

שכֵני לבניין

אינני בא אל שכֵני לבניין, אף לא כדי לשאול מהם סוכר או ביצים. פוחד אני מפני כלבה של השכֵנה ממעל, שמא ינשכני. ממפתנו של השכֵן מלמטה אני מדיר את רגלי על מנת שלא תברח ותתחבא חתולתו הפעוטה. מקווה אני שמבינים השכנים למה אינני מבקר אצלם. אולם, יותר מזה, מקווה אני שכל אחד מהם מבין למה אינני מבקר אצל משנהו.

The Doorbell Salesman

A salesman rang my doorbell hawking electric bells. I said: I have no need for such a thing—as you yourself have witnessed, my doorbell operates flawlessly! Sadness and embarrassment came over his face as he stammered defensively: B-but how could I have known that without ringing the bell? He was so pitiful that I felt sorry for him, and so I asked him to install another bell next to the bathroom door.

מוכר פעמוני הדלת

צלצל בפעמון דלתי איש מכירות ובאמתחתו פעמונים חשמליים. אמרתי: אין לי
כל צורך באחד כזה, והלא נוכחת בעצמך לדעת כי פעמון דלתי תקין לחלוטין!
עצבות ומבוכה ניכרו על פניו כשהתגונן במגומגם: א-אבל איך יכולתי לגלות
זאת, מבלי שאצלצל בו? כה מסכן היה עד כי רחמי נכמרו עליו, ולכן הזמנתיו
להתקין פעמון נוסף לצד דלת חדר המקלחת.

The Soothsayer

As he charged toward the battlefield, the soldier saw the soothsayer, threw a dagger at his feet and called out: Make haste and let us vanquish the enemy that would destroy us! The soothsayer responded: Surely you see that I cannot, for I am keenly observing the clouds of war so that I can prophesy? The soldier departed and two activists came along and cried: Join us in bringing peace to our land! The soothsayer retorted: Can you not see the rainbow and the flock of pigeons, which I must interpret for the people?

המעוֹנֵן

בשעטו אליֵ קרב ראה החייל את המעוֹנֵן, השליך פגיון לרגליו ושח: בוא חיש ונהדוף את האויב הקם לכלותנו! השיב לו: האינך רואה כי לא אוכל, שכן חוזה אני בענני המלחמה תוך מעקב דרוך? הלך החייל ובאו שתי שדלניות לאמור: חבור לנו, ונשכין שלום בארצנו! התריס המעוֹנֵן: האינכן רואות כי קשת בענן ולהקת יונים, ומחובתי לפרשם להמונים?

The Raven from the Traffic Island

The brake lights in front of me sprawled all the way to the horizon, resembling a myriad of pin pricks. Stopped in a traffic jam, I noticed an odd-looking raven walking along a traffic island. Its wings and tail abounded with healthy, shiny feathers but its head and chest were faded and tattered. When its gaze met mine, it hopped over to my car, flew in through the rear window, and settled into the seat next to me. The traffic crawled on. Sometimes the bird would turn his eyes to me and they glimmered in the blinding white light, until I decided to remove my sunglasses and install them on the raven's eyes. When we exited the snarl, the bird leapt onto my shoulder and attempted to feed me a live worm he held in his beak. I turned my face away in disgust but he kept trying to put the wriggling insect in my mouth. We sped past a sign warning of a narrow right shoulder. Under the bridge, the car swerved and its right side hit the tunnel wall such that the side-view mirror and the entire rear door were wrenched off as we drove. I shooed the raven and it flew out the gaping doorway, still wearing my sunglasses. Upon looking back at the road I beheld a line of cars driving quickly toward me, honking. I was going in the right direction, while they were all in the wrong.

העורב מאי התנועה

אורות הבלמים מולי השתרעו עד האופק ודמו לרבבת דקירות סיכה. בהמתיני
בפקק, הבחנתי בעורב מוזר למראה שהתהלך על אי-תנועה. כנפיו וזנבו שפעו
נוצות בריאות וממורקות אך ראשו וחזהו היו דהים ומרופטים. כשנתקל מבטו
בשלי, ניתר לעבר מכוניתי ואל תוכה דרך חלון אחורי, והתמקם במושב לידי.
התנועה התקדמה בזחילה. לפעמים היה מפנה אלי עיניו, והן בהקו בלובן
סנוורים, עד כי החלטתי להסיר את משקפי השמש שלי ולהרכיבן לעיני
העורב. כשיצאנו מהפקק, זינק הציפור אל כתפי והחל לנסות ולהאכילני תולעת
חיה שהחזיק במקורו. הטיתי פני בגועל מהתולעת המתפתלת שחזר והתעקש
להביא אל פי. ביעף עברנו על פני תמרור אזהרה מפני שול ימני צר. תחת
הגשר, הרכב סטה וימינו פגע בקיר המנהרה, כך שהמראה הצידית וכל הדלת
האחורית נעקרו ממקומן תוך כדי הנסיעה. גירשתי את העורב והוא התעופף
החוצה דרך הדלת התלושה כשמשקפי השמש עוד לעיניו. עם שובי להביט
קדימה, והנה כל המכוניות בכביש נוסעות במהירות לעברי וצופרות. נהגתי
בכיוון הנסיעה הנכון, וכל כולן נסעו נגדו.

The Stone Shelter

Under the shade of a stone shelter, a barefooted man in a cerulean turban met a shodden man in a linden tarboosh. Said he of the cerulean turban: In deference to my religion, kindly remove your shoes. Said he of the linden tarboosh: In deference to my tradition, please do not address me barefoot. He of the cerulean turban put on the shoes removed by him of the linden tarboosh. They then walked together down to the beach along a tree-lined boulevard. Said the one: My God pulled the sun out of the depths of the sea. Said the other: On the contrary—my God wrung the sun until water dripped out. They asked the sun to pronounce judgment, but it blushed shyly and silently retreated behind the waves.

סוכת האבן

בצל סוכת אבן נפגשו איש יחף ותכוֹל טורבן עם איש נעוּל ותְרוּג תרבוש. אמר תכול הטורבן: אבקש שתכבד דתי ותשיל נעליך. אמר תרוג התרבוש: אנא כבד מסורתי ואל תפנה אלי כשאתה יחף. נעל תכול הטורבן את הנעליים שהשיל תרוג התרבוש. אחר כך ירדו יחדיו אל חוף הים לאורך שדרת אילנות. אמר האחד: אלוהי שלָה את השמש ממצולות הים. אמר חברו: נהפוך הוא – אלוהי סחט את השמש עד אשר ניגר ממנה הים. פנו אל החמה בבקשה שתחרוץ משפט, אבל היא הסמיקה במבוכה ונסוגה חרש אל מאחורי הגלים.

The Shepherd

I had the misfortune of herding a flock of sheep who all feared a certain tender lamb and kept their distance from him. Ever since it was born, this lamb would howl like a wolf rather than bleat. His howl grew more blood-curdling with each passing day. Even his mother was frightened and ceased suckling him. I tried to feed the creature with milk from a bottle, but when I approached he exposed his terrifying fangs to scare me away. He does not graze, and he refused the meat I thought to leave for him. He is a lamb, and without milk he shall die.

רועה הצאן

אֶתְרַע מזלי לרעות עדר כבשים שכולן יראות שֶׂה אחד רך ומתרחקות ממנו. מיום לידתו זורֵד שֶׂה זה כזאב ולא יפֶעֶה. מדי יום הולכת זרדתו ונעשית מקפיאת דמים. אף אמו נבהלה וחדלה להניקו. ביקשתי להשקות את הטלה בחלב מבקבוק, אולם בהתקרבי חשף ניבים אימתניים להרתיעני. אין הוא לוחך עשב ואף לא התאווה לבשר אשר עלה בדעתי להשאיר עבורו. שֶׂה הוא, ובלא חלב יגווע.

The Gray Balloon

A sunken-eyed girl licked a lollipop made of salt. In her left hand she held a gray balloon. Wherever she went, a hoopoe circled above her. The hoopoe was hoping the girl would let go of the gray balloon, so that it would fly up toward her and she could puncture it.

הבלון האפור

ילדה שקועת עיניים ליקקה סוכרייה על מקל עשווייה מלח. בשמאלה אחזה בבלון
אפור. בכל אשר פנתה, היתה דוכיפת חגה מעליה. הדוכיפת קיוותה שהיילדה
תשחרר את הבלון האפור, על מנת שיפרח מעלה כלפיה ותוכל לנקרו.

The Red Dog

On a vernal yesterday the red dog on the balcony barked at the tabby cat behind the bushes. That night a frost covered everything, and in the morning, twigs from the bushes poked out, bare and dark, from the snow. The dog was cold, but she overplayed this in her yowls.

הכלבה האדומה

באתמול אביבי נבחה הכלבה האדומה מהמרפסת על החתול המנומר שמאחורי
השיחים. בלילה נפלה קרה על הכל, ובבוקר הזדקרו עפאי השיחים, ערטילאים
ושחורים מתוך השלג. קר היה לכלבה, אבל הגזימה זאת בילוליה.

The Bank Robber

After the robber emerged from the bank, he found that his two hands were insufficient to hold his pistols, motorcycle handlebars, and bags of money. He demanded, therefore, my help and that of Zruya. Zruya drove, I held the bags of money, and the robber exchanged gunfire with the police in pursuit. When we got to the hideout, the robber was planning to kill us—but he then discovered that his two hands were too numerous to pull a single trigger.

שודד הבנקים

אחרי שבקע השודד מהבנק, גילה שאין די בזוג ידיו כדי לאחוז באקדוחיו,
בהגה האופנוע ובשקי הכסף. על כן דרש את עזרתי ואת עזרת צרויה. צרויה
נהגה, אני אחזתי בשקי הכסף, והשודד החליף יריות עם השוטרים שדלקו
אחרינו. כשהגענו אל מקום המחבוא, התכוון השודד לחסלנו – אולם אז גילה
כי זוג ידיו רבות מכדי ללחוץ על הדק בודד.

The CEO of the Conglomerate

A boy told his friend: When I grow up, I will be CEO of a conglomerate. I'll have boatloads of money, and I'll only use it to buy profitable assets and rising stocks. Said his friend: When I grow up, I'll be a salaried employee in one of your factories. Despite my entry-level position, I am certain I will be happy, because I know you as an honest boy and a good friend.

מנכ"ל תאגיד הענק

ילד אמר לחברו: כשאהיה גדול, אהיה מנכ"ל של תאגיד ענק. יהיה לי ימבה כסף, ואשתמש בו רק כדי לקנות נכסים מכניסים ומניות מאמירות. אמר חברו: כשאהיה גדול, אהיה עובד שכיר באחד מבין המפעלים שלך. למרות התפקיד הזוטר אני בטוח שאהיה מאושר, כי אני מכיר אותך בתור ילד ישר וחבר טוב.

A Tale That Might Have Been Told by Rumi

A gaunt moon-faced woman ran toward me on the street, pointing at words in an open book. Without a trace of breathlessness she said: I am sure you are unaware of this, but all of your yarns have already been spun by others. Here, for instance, is a tale Rumi told long before you did. I pretended to glance at the page and admitted she was correct. When she turned to leave, I shouted after her: But I told it long after he did!

מעשיה שיתכן וסיפר אותה רומי

אשה גרומה וירחית קלסתר רצה לקראתי ברחוב כשהיא מצביעה על מילים
בספר פתוח. בלי שמץ התנשפות אמרה: אני בטוחה שאתה לא מודע לכך
אבל את כל הבדיות שלך בדו כבר אחרים. הנה למשל מעשיה שסיפר אותה
רומי הרבה לפניך. העמדתי פני מציץ בכתוב והודיתי שהצדק איתה. כאשר
הסתובבה והלכה, צעקתי לה: ואילו אני סיפרתיה הרבה אחריו!

Tower or Gate

In the middle of the structure, the architect forgot what he had been commissioned to build, unsure if it was a tower or a gate. And so at the top of the tower is a gate, and one can climb up all the stairs, walk through the gate, and fall down.

מגדל או שער

באמצע הבניין שכח האדריכל מה הוטל עליו לבנות, ושוב לא היה בטוח אם מגדל או שער. לכן בראש המגדל שער, וניתן לטפס בכל המדרגות, ולעבור בשער, וליפול.

The Watchmaker

How much time will it take to repair my watch? I asked the watchmaker. He replied: You will never know.

השען

כמה זמן יקח תיקון שעוני? – שאלתי את השען. ענה: לעולם לא תדע.

Planning Ahead

The faller regretted never having taken the time to plan what he would do or what he would ponder before he crashed, should he ever find himself in a free fall.

תכנון מראש

הנופל הצטער על כך שמימיו לא השקיע זמן לתכנן מה יעשה או במה יהגה טרם התרסקותו, אם אי פעם ימצא עצמו בנפילה חופשית.

Everything Is Relative

I always try to begin my statements with the word "I," so as to clarify that the words come from me alone and no one else. "To my mind" is another option. To my mind, everything is relative and one should therefore practice humility, although that too is merely my own modest and humble opinion; I do not intend to proclaim the matter settled, which could, heaven forbid, incur disagreement.

הכל יחסי

אני משתדל לפתוח תמיד את דברי במילה "אני", על מנת להבהיר שהדברים
באים ממני עצמי ולא מאף אחד אחר. אפשר גם "לטעמי". לטעמי, הכל יחסי
ולכן יש לנקוט בענווה, ואף זה רק לעניות דעתי הכנה; אין כוונתי לקבוע
בנושא עובדה מוגמרת, אשר עלולה חלילה לגרור מחלוקת.

The Bureau of Housing

An indigent and her child came to the Bureau of Housing to ask for a residence. The reception clerk explained: The Bureau of Housing is also impoverished. She said: But it has a roof on its head. He said: Wait here and I shall see what I can do. After a short while he returned to the counter and happily declared: We have cut the Department of Transportation's budget. Here is your apartment key!

The indigent put the key in the boy's pocket and they went to catch the bus to their new neighborhood. They waited and waited at the station, but the bus never came.

לשכת השיכון

דלפונית וילד באו אצל לשכת השיכון לבקש מגורים. פקיד הקבלה הסביר לה:
גם לשכת השיכון דלפונה. אמרה: אבל גג לה. אמר: המתיני ואבדוק מה אוכל
לעשות. כעבור שעה קלה חזר אל הדלפק והכריז בשמחה: קיצצנו בתקציב
לשכת התחבורה. הנה לך מפתח של דירה!
תחבה הדלפונית את המפתח לכיס הילד ושמו פעמיהם אל קו האוטובוס המתייעד
אל השכונה. חיכו וחיכו בתחנה, אבל האוטובוס לא בא.

The Bureau of Cartography

A traveler arrived at the Bureau of Cartography and asked that they update their maps, as he had discovered a new sea. One of the senior cartographers made a sour face, another rolled his eyes and wrinkled his nose so that he seemed about to sneeze, then smiled contemptuously with the right side of his mouth. A frowning secretary said: Nonsense— all the seas have already been discovered. Said the traveler: My proof is that I have bathed in its water! They replied: If that is the case, why are you not wet? Why do the waters of this sea not drip from your hair? Surprised, he scoffed slightly: The sea is very far away, and it is obvious that I would have dried out on my long journey here. They answered: Dear sir, you surely do not expect us to take the word of every guttersnipe who turns up here bringing news of an undiscovered mound with not a rock in his hands? Or of an unknown forest, offering not a single leaf? The wanderer hurried out to a spigot in one of the yards, poured a bucket of water on his head, and returned to the Bureau.

לשכת המיפוי

נוסע הופיע בלשכת המיפוי וביקש שיעודכנו המפות, מאחר וגילה ים חדש. אחד הקרטוגרפים הבכירים החמיץ פניו, שני גילגל עיניו ועיקם אפו כך שנדמה היה כאילו עמד להתעטש, ואז חייך בבוז בימין פיו. פקידה מתולמת-מצח אמרה: שטויות, הרי כל הימים התגלו כבר. אמר הנוסע: לראיה, טבול טבלתי בו! השיבו לו: אם ככה, למה אינך רטוב? מדוע לא נוטפים משיערך מֵימי אותו הים? גיחך מעט תוך פליאה: הים נמצא הרחק הרחק מכאן, ובדרכי הארוכה הלום, מובן שאתייבש כליל. ענה: אדון נכבד, ודאי אינך מצפה מאיתנו לקבל את מילתם של כל האחרי-פרחי שבאים לכאן, בפיהם בשורה על תל בלתי-מוכר, ואף לא סלע בידם; או על חורש נעלם, ואין עלים באמתחתם. סר ההלך אל הברז באחת החצרות, שפך דלי מים על ראשו, וחזר אל הלשכה.

The Bureau of Espionage

The Bureau of Espionage dispatched a doctor to a clinic in the enemy's rear, and after a number of months he was requested to secretly transmit whatever intelligence he had gathered. He reported thus: Upon performing my first surgery, I was struck with astonishment, for the bodies of these people comprise completely different mechanisms than our own. In their chest is a tin can that injects black oil through thin pipes into their limbs. A cogwheel engine creaks around in their head. Pistons operate a system of rods and axles in their limbs. Using buckets harnessed to strings on pulleys, food is transported from their mouths to a storage container in their stomach. So as not to arouse suspicion, I quickly studied this strange anatomy and spent my days mending the war casualties' defects. Considering that I have now completed my mission as ordered, I hope that I might be allowed a request: my prior medical training has vanished into oblivion and I no longer know anything but the foreigner's body and its applicable medicine. I petition to be allowed, therefore, not to return to my homeland, but rather to continue my work here.

לשכת הביון

לשכת הביון שיגרה רופא אל מרפאה בעורף האויב, ולאחר חודשים מספר
התבקש לשדר בחשאי את המידע שצבר. כה דיווח: בנתחי לראשונה, הוכיתי
תדהמה. בתוך גופם פועלים מנגנונים שונים לגמרי ממנגנוני גופנו. בחזם פח
מתכתי המזריק שמן שחור בעד צינורות דקים אל שאר האיברים. בראשם חורק
מנוע גלגלי-שיניים. בוכנות מזיזות מערכת מוטות וצירים בגפיים. באמצעות
דליים רתומים למיתרים על גלגלות, מוסע המזון מפיהם אל תיבת איחסון
השוכנת בבטנם. כדי שלא לעורר חשד, מיהרתי ללמוד את האנאטומיה המוזרה
והעברתי את ימי בתיקון קלקלות פצועי המלחמה. אם אוכל לבקש רק בקשה
צנועה, בהתחשב בהשלימי משימתי כנדרש; הכשרתי הרפואית הקודמת נגוזה
אל תהום הנשיה, ושוב איני מכיר אלא את גוף הנוכרים ורפואתו. יורשה לי
אפוא שלא לחזור אל המולדת אלא להמשיך במלאכתי כאן.

The Bureau of Quiet

– Hello. Is this the Bureau of Quiet?
– Shhhhh!

לשכת השקט

– שלום. כאן זה לשכת השקט?
– ששששש!

The Shouts

She would shout as loud as she possibly could, but it wasn't enough. One little spider that lived on the windowsill was not remotely deterred, as though it were deaf. A great deal of practice was required until she managed to produce the terrifying roar that rattled the spider's web and chased him out through a crack. Loud enough? Web upon web enshrouded her world.

הצעקות

היא היתה צועקת הכי חזק שרק יכלה, אבל זה לא הספיק. עכביש אחד קטן
שחי על אדן החלון כלל לא היה נרתע מכך, כאילו היה חירש. נדרש אימון
רב עד שהצליחה להפיק את שאגת האיתנים אשר הרעידה את קורי העכביש
והניסה אותו החוצה דרך סדק. מספיק? קורים-קורים קרמו את עולמה.

Allapua

Behind a frothing waterfall is the gaping maw of a labyrinthine cave in the bottomless depths of a subterranean lake. In the middle of the lake is a desert island with a towering pinnacle in its center, into which is carved a spiral staircase of a thousand steps. From its peak, at a leap's distance away, one can glimpse the edge of an aperture that opens onto a small hidden valley. There lies the village of Allapua, comprising five huts. The village is shaded by the five enormous leaves of a tall, spindly tree laden with ruddy fruit. Allapua is home to the love of my life, whom I have never met, since we do not know how to reach one another. Every half-moon she sends me a ruddy fruit from Allapua in the beak of a pelican. I eat it, then dispatch the pelican back to her with the fruit's pit, on which I engrave my letters to her.

אַלְפּוֹעַ

מאחורי מפל גועש, פעור לועה של מערה פתולה שבמעמקי עומקה אגם תת-
קרקעי. במרכז האגם אי בודד אשר עליו מזדקר זקיף רם ובו חצוב גרם סלילי
בן אלף מדרגות. מראשן, במרחק של זינוק, נשקף ספו של צוהר היוצא אל
עמק קטן נעלם. שם שוכן הכפר אַלְפּוֹעַ, בן חמש הסוכות. על הכפר מצלים
חמשת עליו העצומים של עץ דק-גזע ותמיר, שופע פרי אדמומי. באלפוע דרה
אהבת חיי, אשר מעודי לא פגשתיה, שכן איננו יודעים את דרכנו זה אל זו.
מדי חצי ירח, היא שולחה אלי פרי אדמומי מאלפוע במקורו של שקנאי. אני
אוכלו, ועל גבי גלעינו, המושב לשקנאי, אני חורט את מכתבי אליה.

81

The Projectionist

The film stopped and the heat from the projector bulb burned a blistering hole in the picture. The projectionist, almost choking on popcorn, quickly shuttered the bulb, turned on the theater lights and rushed the film to a roll of tape. The audience produced a slight rustle intended to resemble restrained anger, while the projectionist repositioned the reels in the machine and expertly wound the film on the track. A moment later the lights went out and the story continued.

המקרין

הסרט עצר ולהט נורת המקרן פער חור תופח בתמונה. המקרין, כמעט נחנק
מפופקורן, מיהר להגיף את תריס הנורה, הדליק את האור באולם והחיש את
הסרט אל הסלוטייפ. הקהל הקים רחש קל שנועד להידמות לכעס כבוש, בעת
שהמקרין החזיר את הסלילים למקומם על המכונה ופיתל את הסרט במיומנות
על מסלול גלגליו. כעבור דקה נכבו האורות והעלילה נמשכה.

The Most Original Artist in the World

I am unable to reconstruct how I managed to travel back in time, but that is what I did, or rather, what happened to me. Luck was on my side and I found myself in that long-ago era before the creation of all the masterpieces. I hastily dug through my memory to retrieve the most wonderful tunes, and the words to the most marvelous poems, and spent my days writing them down and offering them, before their time, to a yearning humanity. I thereby became the most original artist in the world.

האמן המקורי בתבל

אין בכוחי לשחזר כיצד עלה בידי לחזור אחורה בזמן, אולם זה מה שעשיתי, או בכל אופן, ארע לי. שיחק לי מזלי ומצאתי עצמי אי-אז בטרם נוצרו כל יצירות המופת. הזדרזתי לפשפש ולהעלות בזכרוני איך הולכים הלחנים הנהדרים ביותר, ומה מילות הפואמות הנפלאות מכולן, והקדשתי את ימי להעלאת כל אלה על הכתב ושחרורם לפני זמנם אל האנושות הכמהה. כך הפכתי לאמן המקורי בתבל.

The Hoopoe and the Dove

The hoopoe called the dove and deloused it with the tip of her beak. The dove saw that it was good and stayed in the nest of the hoopoe, who diligently preened the dove's feathers, from the tip of the right wing to the tip of the left. When the hoopoe had finished, she said: Now fly away. The dove refused. The hoopoe plucked a feather and the dove cried out in pain. Fly away! She refused again. The hoopoe plucked out the dove's feathers one by one until the dove was naked and could no longer depart the nest of the hoopoe, who soared away to build herself another nest.

הדוכיפת והיונה

הדוכיפת קראה את היונה אליה ופלתה את כיניה בָּדוֹק מקורה. ראתה היונה
כי טוב ונשארה בקן הדוכיפת וזו סינצה נוצות היונה בשקידה, מקצה כנף
ימין ועד קצה כנף שמאל. כשסיימה אמרה: עופי, עתה. היונה מיאנה. תלשה
לה הדוכיפת נוצה והיונה גרגה בכאב. עופי! שוב סירבה. מרטה הדוכיפת את
נוצות היונה בזו אחר זו, עד שנותרה היונה עריה ולא יכלה עוד לעוף מתוך
קן הדוכיפת אשר פרחה משם ובנתה לה קן אחר.

The Reader

The reader's eyes roamed the lines while she propped her head on her hand distractedly. Her gaze was focused and a slight knot of constriction showed on her forehead. From time to time her fingers brushed away a fringe of hair, grazed her nose or lips, or touched her face offhandedly in some other way. At one point her expression changed slightly, and her eyes jumped up a little so as to go back to the beginning of a paragraph.

הקוראת

עיני הקוראת שטו על השורות וראשה נשען על כף ידה בלי משים. מבטה היה מרוכז ואות קלילה של כיווץ ניכרה על מצחה. לעתים היו אצבעותיה מסיטות את שולי בלוריתה, עוברות על אפה או על שפתיה או נוגעות נגיעה אגבית אחרת בפניה. באחד מן הרגעים השתנתה הבעתה מעט, ועיניה קפצו מעט מעלה בכוונה לחזור לתחילתה של פיסקה.

The Pilgrims

The pilgrimage took longer than expected. Desperate and exhausted, the pilgrims began to suspect they were lost. The map contradicted the compass. This discrepancy still unresolved, an argument erupted about whether they were to have brought an offering. In the midst of the wilderness, a large ostrich appeared to them in a vision, laid an egg, and announced that they had reached their destination. After she left, they cracked open the egg and found that it was empty.

הצליינים

מסע הצליינים התארך מהמצופה. מיואשים ותשושים היו כאשר ניעור חשדם כי תועים הם בדרך. המפה סתרה את המצפן. עוד לא נפתרה סוגיה זו, וכבר התגלע ויכוח שמא היה עליהם להביא ממקום מוצאם מינחה. באמצע ישימון, התגלתה להם ציפור יען גדולה בחזון, הטילה ביצה ובישרה כי מצאו את מחוז חפצם. אחרי שהלכה, הבקיעו את הביצה וראו כי ריקה היא.

Five Minutes

At the same moment we were all seized by an understanding of what was about to happen in five minutes. Five minutes later, there we were, immersed in memories of the past. Once, long ago, our lives were filled with anticipation and plans for the future. Soon all that will vanish into oblivion, or at least so it seems now.

חמש דקות

באותו הרגע תפסה את כולנו ההבנה מה עתיד להתרחש בעוד חמש דקות. כעבור חמש דקות, והנה אנחנו שקועים בזכרונות העבר. פעם, אי אז, מלאו חיינו ציפיה ותכנון לבאות. בקרוב כל זה יעלם אל תהום הנשיה, או לפחות כך זה נדמה כעת.

The Reined Horse

The horse blinked and shook his head, but could not rid himself of the flies that pestered his eyes as they tried to sip his tears. He was accustomed by now to the anguish imposed by the bits at the corners of his mouth and barely noticed it, but the lacrimation it seemed to produce persisted, and the horse did not know how to stop. At night the harness and reins were removed, and the flies fled the darkness and cold. Suddenly, the horse did not know whether or not he was crying.

הסוס המרוסן

הסוס היה מעפעף ומנער ראשו, אבל לא הצליח לגרש את הזבובים שנטפלו
לעיניו בנסותם ללגום מדמעותיו. אל דאבון הרסן בקרנות פיו כבר התרגל ולא
חש בו, אולם הדמע אשר כמדומה נגרם מכך המשיך תדיר ולא ידע הסוס איך
לעוצרו. בלילה הוסרו הריתמה והרסן, ואילו הזבובים הסתלקו מפני החשיכה
והקור. פתאום, לא ידע הסוס אם דומע הוא אם לאו.

The Burnt Village

We parked under a large rock and, with our back to it, watched the village go up in flames. After the fire died down, the charred remains no longer drew our gazes. Our eyes wandered to the smoke curling its way up to the sky, a column fading to pink and orange in the sunset.

הכפר השרוף

חנינו תחת סלע גדול ובגבנו אליו התבוננו בכפר העולה בלהבות. אחרי שוך
האש, כבר לא משכו את המבט השרידים המפוחמים. העין נדדה אל העשן
המעכס דרכו אל המרום ותימורתו מוורידה ומכתימה באור השקיעה.

Dating

And what about these ruins? Which era are they from? I asked the archaeologist. He blushed and muttered: Ask the general. Why was all this destroyed? I asked the general, who sighed: That is for the archaeologist to say.

תִּאָרוּך

ומה באשר לחורבות אלה? של איזו עת הן? – שאלתי את הארכיאולוג. הסמיק
והפטיר: פנה לגנרל. ומדוע הוחרב כל זה? – שאלתי את הגנרל, שנאנח: זאת
יָדע הארכיולוג.

The Minister's Driver

The dark window of an official vehicle slowly slid down and the pale face of the Minister's driver peered out like eyes over sunglasses. The Minister has an urgent meeting! What is the route to the Council? he asked.

Turn right at the square, replied the local woman.

Fifteen minutes later the Minister's car appeared again, from behind her, and the dark window rolled down once more: We've circled the entire neighborhood! There is no signage, the road is pitted, delinquent children threw stones at us, the windshield shattered and the car filled with the stench of rubbish, and now we are right outside the Council building! Why did you not say it was here?

You did not ask where it was, she answered. You asked what the route was.

נהגו של השר

חלונה הכהה של מכונית שרד ירד לאיטו ופניו החיוורים של נהג השר הציצו
החוצה כמו עין מעל מישקף-שמש. פגישה דחופה לשר! מה הדרך לבית
המועצה? – הוא שאל. פנָה ימינה בכיכר, השיבה המקומית. כעבור רבע שעה
שב והגיח רכבו של השר, מכיוון גבה, ונגול החלון הכהה.
– את כל השכונה הקפנו! אין שילוט, הכביש מחותחת, ילדים פרחחים ידו בנו
אבן, שניפצה שימשה ונמלאה המכונית צחנת אשפתות, ועכשיו הנה לפנינו
בית המועצה! למה לא אמרתְ שהוא כאן!?!
לא שאלת היכן הוא – ענתה המקומית – אלא מה הדרך.

Bright Morning

One day the sun made a particular effort to dazzle. The morning was so bright that one could see the rare animals gathered in the midst of the thickest bushes and in the depths of the deepest caves. All the people were visible through building walls like embryos in an X-ray—even prostitutes, spies, prisoners in solitary confinement, and the dead in their graves. By noon, everything that was always visible had vanished under the blinding light. You yourselves were as white as a burned photograph, as were your houses, your families and your acquaintances. Only if, by chance, one of your loved ones was interred somewhere in absolute darkness and isolation, would he have been visible to you on that day. You would also have been able to detect your cat if, as luck would have it, he was black.

בוקר בהיר

יום אחד השמש השתדלה במיוחד להאיר. הבוקר היה כה בהיר עד כי ניתן היה
לראות את החיות הנדירות מסתופפות בתוככי השיחים הסבוכים ביותר ובנבכי
המערות העמוקות ביותר. כל האנשים נראו דרך קירות הבניינים כמו עובְרים
בתצלום רנטגן – אפילו זונות, מרגלים, אסירים בצינוקים ומתים בקבריהם.
עד הצהריים, כל מה שתמיד גלוי הפך נסתר מחמת אור הסנוַרים. אתם עצמכם
הייתם לבנים כמו תצלום שרוף, וביתכם, וכל משפחתכם ומקורביכם. רק אם,
במקרה, היה אחד מיקיריכם תחוב היכנשהו בעלטה גמורה ובהסגר – אותו בלבד
יכולתם לראות ביום הזה. גם בחתולכם יכולתם להבחין אם, במזל, שחור הוא.

The Interviewer

I was surprised to find myself attracting such keen interest from such a beautiful young woman. When she finished showering me with her inquiries, I was planning to ask the interviewer two or three questions of my own. But she shook my hand and went on her way, as though her curiosity had suddenly dissolved. Perhaps I said something wrong.

המראיינת

הופתעתי לגלות עצמי מושך עניין כה רב מצד בחורה כה יפה. משסיימה לקלחני
בקוּשיוּתיה, התכוונתי לשאול את המראיינת שתיים או שלוש שאלות משלי
– אולם זו לחצה את ידי והלכה לדרכה, כאילו התפוגגה בפתאום סקרנותה
יתכן ואמרתי משהו לא בסדר.

The Twins

So similar are my twin brother and I, that we ourselves cannot tell who is who. Sometimes I call him by my name, and sometimes he takes my exams and fails. Still, everyone else can easily tell us apart.

התאומים

כה זהים אחי תאומי ואני, עד כי אין יודעים אנו עצמנו להבדיל מיהו מי. לפעמים אני פונה אליו בשמי, ולפעמים הוא ניגש למבחני ונכשל בם. בכל זאת, כל כולם זולתנו מצליחים להבחין בינינו בנקל.

Travel Diary

We roamed around a foreign city, seeking out its famously glorious sites. A businesswoman from a neighboring country refused to show us her map since the places she loved were sickeningly overrun with tourists as it was. We asked a freckled native for directions, but we could not say the name of the site we were seeking because the sites were too numerous and their names too difficult to pronounce. The native gestured with his hands to show us the way to an ancient arch, through which at one time the entire army of a lauded conqueror had passed. He then removed his tie and bequeathed it to us, claiming we had to look more respectable. Not one of us knew how to tie a tie, and so Zruya wrapped it around her neck like a scarf. When we found the ancient arch, Shmil and Zruya became mischievous. He carried her on his shoulders and she removed the keystone from its place. The arch collapsed and buried Zruya underneath. The townspeople's ire was aroused and at first they refused to rescue our friend. Being a talented fabulist, however, I was able to convince them that the destruction of the arch was an expression of our protest against war and occupation. Zruya is well, but the tie was lost among the stones.

יומן מסע

שוטטנו בעיר זרה ותרנו אחר אתריה המפורסמים ברהבם. אשת עסקים מארץ שכנה סירבה להראות לנו את מפתה מפאת היות מקומותיה האהובים מתויירים לזרא אפילו בלעדינו. פנינו לשאול הוראות מיליד מנומש, אולם לא ידענו לנקוב בשם אתר מבוקשנו מאחר שהיו האתרים מרובים מדי ושמותיהם קשים מדי להגייה. היליד חיווה לנו במחוות ידיו את הדרך אל קשת קדמונית, אשר בשעתה עבר בעדה כל צבאו של כובש דגול. לאחר מכן התיר עניבתו ונידבה לנו בטענה שעלינו להיראות מכובדים יותר. לא היה בנו אחד שידע לענוד עניבה, ולכן כרכה אותה צרויה לצווארה כצעיף. כשמצאנו את הקשת הקדומה, נכנסה בשמיל ובצרויה רוח קונדס. הוא הרימה על כתפיו והיא שלפה את אבן הראשה ממקומה. הקשת התמוטטה וקברה את צרויה תחתיה. ניחר אפם של אנשי העיר ומיאנו בתחילה לחלץ את חברתנו, אולם בהיותי גוזמאי כשרוני עלה בידי לשכנעם כי חורבן הקשת ביטא את מחאתנו כנגד מלחמות וכיבושים. לצרויה שלום, אבל העניבה אבדה באבנים.

Entrepreneurship

I was taught that success comes to those with gumption, and so I spent my life launching business ventures and enterprises, all of which ended in utter failure. My revenue never once exceeded my expenditures. I continued to entice investors even after losing all my assets in bankruptcies, and was therefore forced to deposit my limbs with Shank & Stump Lienholders and my tendons with Sinew & Thews Receivership. Fortunately, I managed to obtain a large loan by offering my gumption as guarantee, and after subsequently mortgaging my hastiness, I finally settled my debts.

יזמות

לימדוני כי ההצלחה מובטחת לבעלי תושיה, ולכן כיליתי את חיי במיזמים
וייזמות עסקיים שכולם כשלו כישלונות חרוצים. הכנסותי מעודן לא כיסו את
הוצאותי. המשכתי לפתוח משקיעים גם אחרי ירידתי מכל נכסי בפשיטות רגל,
ולכן נאלצתי להפקיד את אברי בידי רמ"ח מעקלים ואת גידי בידי שס"ה
כונסים ושמאים. למזלי, התאפשרה לי הלוואה גדולה כשהצצתי את תושייתי
לערבות, ועם מישכון פזיזותי הסדרתי לבסוף את חובותי לנושַי.

Silence Is Golden

No one knows who the wisest woman in the universe is because she does not publish books or lecture in academe. One may presume that she fully comprehends the futility of advancing humanity.

I once sent my philosophical queries to a wise man via email, but he was too far-sighted to reply. Or perhaps an email address is of no use to such a genius, or possibly he never bothered to learn how to read and write. In a later missive, I wondered whether he had spared me the secrets of his wisdom for my own benefit, so as not to unsettle my joie de vivre. This time he replied: No, but rather so as not to unsettle my own.

סייג לחוכמה שתיקה

אף אחד לא יודע מיהי האשה החכמה בתבל, משום שאין היא מפרסמת ספרים או מרצה באקדמיה. ניתן לשער כי נהיר לה חוסר התוחלת שבקידום האנושות. פעם שלחתי את שאלותי הפילוסופיות לאיש חכם באימייל, אך הרחיק הוא ראות מכדי להשיב לי. ואולי אין תועלת לגאון שכמותו בכתובת אימייל, ואולי אף לא טרח ללמוד קרוא וכתוב. במכתב נוסף, תהיתי בפניו האם חסך ממני את רזי בינתו לטובתי, כדי שלא תתערער שמחת חיי. בפעם הזו ענה: לאו, אלא כדי שלא תתערער זו שלי.

The Stranger

They called him "The Stranger." He was outraged: But I am no stranger at all! I am familiar, well-liked even! It is you who are the strangers!

The seasons passed and he grew resigned to his foreignness and to being known as "The Stranger." And then, when he had become as familiar as a household member, they could not understand why that was his name and thought him peculiar because of it.

הזר

קראו לו הזר. הוא היה מתרעם: וכי אינני זר כלל! מוכר אני, ואף אהוד! אתם
הזרים!
נקפו העונות והשלים עם זרותו ולמד להתקרא "הזר". או-אז, משהיה בן
בית, לא הבינו מדוע זה כינויו וחשבוהו לחריג בשל כך.

The New Mother

While pushing her baby through the park in a stroller, a new mother met her friend. The mother urged: Look at the baby! These are his two eyes, and this is his forehead, and there is his nose! Her friend observed: And that voice—that is the voice of him crying.

האם הטריה

בעודה מסיעה את עגלת התינוק בגן, פגשה אם טריה בחברתה. הפצירה האם:
ראי את התינוק! אלו שתי עיניו, וזה מצחו, וכאן אפו! העירה חברתה: וקול
זה – זהו קול בכיו.

The Hunter

Rifle shouldered, the hunter balanced his stance, enlisted the full dexterity of his agile feet, and minced along with the utmost delicacy. But the dry leaves under his feet crackled as they crumbled, announcing his arrival far and wide. He perfectly mimicked the slinking of a wild cat, but in vain. The commotion he produced charged ahead and scared off the deer and rabbits and tree fowl. The hunter searched for bare earth on which he might tread, but found none. Perhaps every foot of the forest floor was covered with dry foliage. Or perhaps that is what the hunter imagined as he deliberately stepped on the fallen autumn leaves.

הצייד

כשרובהו מוכתף, השווה הצייד משקלו, אזר את מלוא מיומנות רגליו הקלות וטפף ברכות עילאית, אולם העלים היבשים תחת רגליו הרעישו בהשתברות ובישרו בואו למרחקים. חיקה בשלמות את התגנבות חתול-הבר, ולשווא. שאונו שעט לפניו והניס את הצבאים ואת הארנבים ואת עופות הצמרות. חיפש הצייד את האדמה החשופה לדרוך בה ולא מצאה. אולי היה כל שעל ברצפת היער מכוסה עלים-יבשים עלים-יבשים. ואולי כך דימה לו הצייד בנפשו תוך שדרך על עליה המפוזרים של השלכת במכוון.

The Patient

They tied an apron around the patient's waist and were about to administer a medication developed exclusively for him, but the spoon they provided was riddled with holes. They shaped the medication into a tablet, but it was too bitter and large and coarse for him to swallow. As a result of the inadequate care, he lost his temper and declared he would never again fall ill.

החוֹלֶה

קשרו לחולה סינר ואמרו לתת לו תרופה שפותחה רק עבורו, אך הכף שהועמדה
לרשותו לשתות בה את התמיסה היתה נקובה חרירים. כמסו את התרופה
בטבלית, אך זו היתה מרה, וגדולה וגסה בצורתה מכדי שיוכל לבולעה. בעקבות
הטיפול הלקוי, התרגז והכריז כי לא יחלה עוד.

The Countess's Table

In the large hall stood a massive chestnut wood table carved by a foreign carpenter, which had never once been dined upon. Every year, the countess commissioned three esteemed carvers to adorn the table, and gave the best of them a lavish prize. As the wooden surface filled up from year to year, the competitors endeavored to engrave more glorious yet also more delicate and subtle carvings than their predecessors, limited only by the remaining space. Thus the work became so demanding that only the most skilled and exacting of men could perform it. On the jubilee year, despite the participation of the two most talented carvers in the world, the winner was the third contestant, who, after his adversaries had finished, coated the table with a layer of clear varnish and did nothing more. The year after that, the prize was shared by three porters for cutting the table into three sections and hauling it away.

שולחנה של הרוזנת

בהיכל הגדול ניצב שולחן עץ ערמון עצום-ממדים, מלאכת נגר נוכרי, שמעודו לא נשא סעודה. מדי שנה בשנה, הזמינה הרוזנת שלושה גלפים מוערכים לגלף בו עיטורים, ולמוצלח שבהם העניקה פרס יוקרתי. ככל שהתמלא משטח העץ לאורך השנים, כך התאמצו המתחרים לחרוט פיתוחים מפוארים אך גם דקים ועדינים מקודמיהם, במגבלות החלל שנותר. כך הפכה המלאכה לדורשנית עד כי יכל לה רק המיומן והדייקן שבאדם. בשנת היובל, על אף השתתפותם של שני הגלפים המוכשרים בתבל, זכה השלישי, שציפה אחריהם את השולחן בשכבה של לכה שקופה ולא יסף. בשנה שאחריה, התחלקו בפרס שלושה סבלים, על שחתכו את השולחן לשלוש פרוסות וסחבוהו החוצה.

The Ultimate Horror of Being

Ever since the nightmare birds left our garden of slumber, we no longer like to sleep. We yearn to be nightmare-ridden again. Upon the advice of an old book, we placed crumbs of mandrake under our tongues, hoping to regain our incubus. We do not wish the horror of our being to reach its height in daylight.

שיא אימת ההוויה

מאז עזבו ציפורי הסיוט את גן שנתנו איננו אוהבים לישון עוד. נכספים אנו
לשוב ולהסתייט. בעצת ספר נושן הנחנו פירורי דודא תחת לשונותינו בתקווה
לשוב ולחלום בלהה. איננו רוצים שאימת הווייתנו תגיע אל שיאה לאור היום.

The Mayor's Dream

In the mayor's dream, he performed an unveiling and found a ribbon beneath the veil, then he cut the ribbon only to reveal another veil to lift, and beneath it yet another ribbon to cut. Behind him all the residents waited, and in front stood the city, empty and virginal, all its lights twinkling, longing to be bustling. Only the mayor's wife resided there, lying in their empty bed in their empty home.

חלום ראש העיר

בחלום ראש העיר, מסיר היה לוט ותחתיו היה סרט, וגוזר היה את הסרט
ומאחוריו היה לוט להסיר עוד סרט לגזור. בגבו המתינו כל התושבים,
ומלפניו עמדה העיר ריקה ובתולית ואורותיה דלוקים, נכספת לסאון. רק אשת
ראש העיר שכנה בה, שרועה במיטתם הריקה שבביתם הריק.

Notoriety

Through practically no fault of my own, I became notorious the world over. It began with stubborn rumors, devolved into various ugly tales and an expansive assortment of blaring injustices falsely attributed to me in the absence of a proven culprit, since my prior dubiousness had already made me suspect, and each accusation merely hardened public opinion and fertilized the soil for the next one. Everywhere I went, my notoriety preceded me to wallow in the mud and blacken, and when people encountered me, their beliefs about me were so untruthful and defamatory that they cannot be tolerated by ink on paper.

One day I was lucky enough to meet a beautiful girl who had somehow not heard the slanders about me, and surprisingly, I was even able to charm her. After spending an evening together, I was struck by the realization that sooner or later it was inevitable that she would find out the horrors attributed to me, and that she would eventually become convinced of their veracity and be lost to me. Having nothing left to lose, therefore, and being despised for committing severe transgressions in any case, I raped her and buried her alive.

השימצה

שלא לחלוטין באשמתי, נודעתי לשימצה ברחבי החלד. זה התחיל בשמועות
עיקשות, והתגלגל לכדי כל מיני עלילות מכוערות, אוסף רחב-היקף של
עוולות זועקים שהוטפלו עלי בלית אשם מוכח, היות ומפוקפקותי הקודמת
כבר החשידה אותי, והיה כל אישום רק מחמיר את דעת הקהל ומפרה את
הקרקע לאישום הבא. בכל שפניתי, שמי הרע הלך לפני כדי להיגאל בבוץ
ולהשחיר, וכשהבריות נתקלו בי כבר חשבו על אודותי אפילו דברי בלע וכחש
כה מופרכים, עד כי הנייר לא יסובלם.
באחד הימים שפר עלי מזלי ופגשתי בנערה יפה אשר משום מה לא הגיעה
לאזניה דיבתי הרעה, ובמפליא, אף צלח בידי להלך עליה את קסמי. אחרי בילוי
ערב יחדיו, התגנבה לראשי התובנה כי אין מנוס מכך שבמוקדם או במאוחר
תגלה היא את הזוועות המיוחסות לי, ובסופו של דבר תשתכנע באמיתותן
ותאבד לי. לא נותר לי אפוא מה להפסיד, ובהיותי שנוא בעוונות חמורים
ממילא, אנסתיה וקברתיה חיים.

The Bridge Builder

Does not cross the bridges. Wades in knee-deep to build them, covered with mud, and has a perpetual cold.

בנאי הגשרים

אינו חוצה את הגשרים. טובל עד הברכיים לבנותם, מגואל בבוץ, תמיד הוא
מצונן.

The Wheelbarrow Driver

Without the wheelbarrow, the wheelbarrow driver cannot carry his loads. In fact, his work is dependent on the wheelbarrow's wheel, and the wheel, in turn, relies on each of its spokes. However, even if all of the wheel's spokes should prove sturdy for the wheelbarrow driver—still the axle must not become loose on the wheel.

נהג המריצה

בלי המריצה, לא יכול היה נהג המריצה לשאת את משאותיו. למעשה, תלויה מלאכתו באופן המריצה, והאופן בכל אחד ואחד מחישוריו. ברם, גם אם יעמדו איתן לנהג המריצה כל חישוריו של אופַנֶה – גם אז אסור שיתרופף על האופן צירו.

The Drunkard Father

After sundown my father leaves the public house, intoxicated, and the night is to him like the black underbelly of an enormous beast that blankets the town, its legs the pillars of smoke from the factory chimney where my father works. Not infrequently, when he came home, he would take his rifle, walk out onto the balcony, and try to snipe the eye of the monster, whereupon the pigeons would flutter and alight at the sound of gunfire, and the neighbors would call the police.

When I was a child, my mother told me that everyone had a drunkard as a father. Even if they don't drink? I asked. —Indeed. —Even orphans? —They too. I thought she said that to console me, but now I know my mother was right.

האב השתיין

אחרי שקיעת השמש יוצא אבי שתוי את בית המרזח, והלילה נדמה בעיניו לגחונה השחור של חיה עצומה שהתייצבה מעל העיר לכסותה, ורגליה תימרות העשן מארובות בית-החרושת שבו אבי עובד. לא פעם, כשיחזר הביתה, נטל את הרובה, יצא אל הבלקון וניסה לצלוף בעין המפלצת הזו, והיונים ניעורו ופרחו לקול הירי, ושכנים זימנו משטרה.

בילדותי סיפרה לי אמי כי לכולם אב שתיין. גם אם מתנזר הוא משתיה? שאלתי. – אכן. – וגם לַיתומים? – גם להם. חשבתי שאמרה זאת לְנַחֲמֵנִי, אך כעת אני יודע שאמי צדקה.

135

The Fawns

The fawns rarely come out to graze near our home, as tender and lovely as they are, and our dog always lashes out and scares them back to the trees. But how are we to intervene and stop him? That is his way. Even under such simple circumstances, one's heart breaks. Ultimately, one resolves to restrain one's beloved dog, albeit sorrowfully, if only out of confidence that he will forgive.

העופרים

נדיר הוא שהעופרים יוצאים לרעות ליד ביתנו, כה רכים ויפים הם, ותמיד ישתלח כלבנו לגרשם בחזרה אל בין העצים, ואיכה נתערב ונאסור זאת? זוהי דרכו. גם בנסיבות פשוטות כאלו נקרע הלב. ככלות הכל ירסן אדם את כלבו אהובו, בצער, ולו מתוך ביטחון כי יסלח לו.

Sand Burial

Thinking they were only being playful, I allowed my friends to bury me up to my chin in sand, and then they abandoned me. Evening was approaching, and with it the fear that the tide would cover my head and drown me. At some distance on the waterline, a woman with a large pear-shaped body sat with her back to me. I shouted for help, but the noise of the waves overpowered me. I shouted and shouted at the top of my lungs, until I was absolutely certain she was close enough to hear me, but the large pear-ish woman kept sitting there without moving, looking at the sea. The sun soon disappeared and darkness fell, and I began preparing for my death, buried in the cold sand. A large wave was about to pummel me, but just as it broke over my face, I felt the gripping sand soften in the water and after a brief struggle I managed to break free. I turned to leave, but changed my mind when I noticed the woman still sitting by the sea as ripples lapped at her knees. I approached her, fearful with every step. When I got close, her back seemed to suddenly loom up. Then a bathing cap full of dark hair bobbed on the water.

הקבירה בחול

בחושבי שכוונת משחק להם, התרתי לחברי לקוברני בחול עד לסנטר, וכך הם נטשוני. הערב קרב ועמו החשש כי הגאות תכסה את ראשי ותטביעני. במרחק מה על קו המים ישבה אשה בעלת גוף אגסי וגדול בגבה אלי. צעקתי לעזרתה, אולם רחש הגלים גבר עלי. צעקתי וצעקתי ממרומי גרוני, עד כי בטוח הייתי מעל לכל ספק כי קירבתה דיה לשומעני, אולם האשה הגדולה האגסית הוסיפה לשבת בלי ניד ופניה אל הים. במהרה נעלמה השמש והחשיך, והתכוננתי אל מותי כשאני שקוע בחול הקר. גל גדול הקדים להסתער עלי, והנה ממש בהנפצו על פני, חשתי את החול האוחז בי נימוח במים ובמאמץ רגעי הצלחתי להחלץ. פניתי ללכת, ונמלכה דעתי כשהבחנתי באשה שעודנה ישובה מול הים ואדוות מכות על ברכיה. ניגשתי אליה בכעס שהלך ונצבע בחרדה עם כל צעד. בהתקרבי, נדמה כאילו גבה היתמר פתאום. במים צף כובע רחצה מלא שיער כהה.

Beauty Sleep

Following her nanny's advice, little Deborah went to bed early to get her beauty sleep, waking up only at noon the next day. She hurried to the mirror above the dresser, and indeed her beauty sparkled back at her. She was happy, and decided to become the most beautiful girl of all. She therefore drank some chamomile tea and went back to sleep. She did not get up until she entered adolescence and saw in the mirror a paragon of female splendor, at once svelte and buxom as per the unspoken standards, which cannot be measured and yet there are none more proper, purling between daintiness and brashness in a secret and perfectly balanced undulation, and every note in her body seemed to have been drawn by an unparalleled artist. Her awe at the reflection vanished instantly, and instead Deborah was seized by the recognition that every minute of wakefulness was costing her further beauty. She quickly took all the sleeping pills and lay her head on the pillow forever.

שנת היופי

בעצת האומנת הלכה דבורה הקטנה לישון שנת יופי מוקדמת, והקיצה רק
בצהרי יום המחרת. היא מיהרה אל הראי שעל השידה, ואכן הזדהר בו יופיה.
עלצה, וגמרה בדעתה להפוך לעלמה היפה מכולן. על כן גמעה תה בבונג
וחזרה לנום. היא לא קמה עד אשר החלו עלומיה, ובראי התגלה לה מופת
של יפעה נשית, דקה ושופעת חליפות לפי המידות הנסתרות, שאין לאומדן
ואין נכונות מהן, מפכה בין עדינות ובין עוז בתנודה גלית סודית ומאוזנת
לשלמות, וכאילו היה כל תו בגופה משורטט ביד אמן שלא נודע כדוגמתו. בין-
רגע פגה התפעמותה מהבבואה, ותחתיה אחז בדבורה ההיכר כי כל דקה של
ערות עולה לה בהתייפותה. חשה ליטול את כל כדורי השינה והניחה ראשה
על הכר לצמיתות.

The Prophet

The prophet predicted that there would come a day when the prevailing opinion would be that he was a false prophet. For obvious reasons, he chose not to disclose this particular prophecy, and the people therefore continue to heed his word and behold his truthfulness. If you should come across him, ask him anything except: Should we believe you henceforth?

הנביא

הנביא צפה כי ביום מן הימים, תרווח הדעה על אודותיו כי נביא שקר הוא. מטעמים ברורים, בחר שלא לגלות את נבואתו זו, וכך מוסיפות הבריות לשמוע בקולו ולהיווכח בצדקתו. אם יקרה על דרככם, שאלוהו כל שאלה מלבד: הנאמין לך מעתה ואילך?

The Moth Under the Net

We were exhausted, my partner and I, and the gurgling stream down the ravine helped lull us to sleep. In the dead of night an underwing moth slipped in through a hole in the net and began flitting here and there above us trying to get out. As though his friends had heard, the hawkmoths and underwings emerged from the thicket and stormed the hole, filling our netted retreat with red, purple, and yellow, in stripes, speckles, and dots. They descended upon us and covered us until we vanished as though we had never existed!

Then I awoke from my dream and my partner was sleeping beside me and I was unharmed and the swarm of moths turned out to be false. Only the one, the green underwing, existed in reality, trapped in the net with us, flapping its wings. It occurred to me that in my dream, too, there had been a hole, and the insect had broken in through it—for otherwise, how had he appeared to me in my sleep? By the light of morning, however, we scanned our net until we had no doubt it was intact. This must be because I simply dreamed up the moth and it burst out of my dream.

הַסָּס מתחת לכילה

תשושים היינו שותפתי ואני, ופכפוך הנחל במורד הנקיק סייע להרדימנו. באישון לילה הסתנן סָס ירוק-כנף בעד קרע בכילה, והחל מרפרף אנה ואנה מעלינו בחפשו מוצא. כאילו שמעו זאת חבריו, יצאו מהסבך הרפרפים והססים וצבאו על הפירצה למלא את ערשנו תחת הכילה, אדומים וסגולים וצהובים, פַּסְפַּסִים, וּבְרוּדִים, ונקודים. צרו עלינו וכיסונו עד נגוזנו כֻלא היינו! אז הקצתי מחלומי והנה שותפתי נמה לצדי ואני בריא ושלם ונחיל המרפרפים התבדה. רק האחד, ירוק-הכנף, שריר וקיים היה, כלוא עמנו ומחבט בכנפיו. עלה בדעתי כי אף בחלומי היה נקב, והחרק פרץ פנימה גם דרכי – שאחרת, כיצד הופיע לנגדי בשנתי? אולם, לאור הבוקר סרקנו את כילתנו עד שנחה דעתנו איתנה כי שלמה היא! אין זאת אלא משום שחלום חלמתי את הסס, והוא בקע מחלומי החוצה.

The Second Book

Following his debut novel, *Water Under the Bridge*, all three-hundred-and-three of whose pages were one long intricate and syntactically meticulous sentence, there was an aura of great anticipation around his second book. He wasted no time, therefore, in writing *Ruler Road*, which was likewise composed of a single long sentence, but lacked even a final period. When he arrived at the publishing house with the manuscript, he discovered that he had forgotten his wallet, which contained his identification papers. The guard, not recognizing him, refused to let him in. With nothing but a phone token in his pocket, he was forced to sit on a nearby bench and wait in line for the pay phone, by means of which he would notify the publisher's offices that he was at the gate with the completed novel in hand. The wait stretched on, and he succumbed to impatience. Worn down by boredom, he opened the manuscript and just had time to punctuate it with a multitude of periods before being asked in.

הספר השני

בעקבות רומן ביכוריו "המים תחת הגשר", שכל שלוש-מאות ושלושת עמודיו משפט אחד ארוך, פתלתל ומוקפד תחבירית, שררה ציפיה גדולה לספרו השני. לכן, לא בושש לכתוב את "כביש הסרגל", שאף הוא נכתב כמשפט אחד ארוך, אבל הושמטה בו אפילו הנקודה האחת החותמת. בהגיעו עם כתב-היד אל בית הדפוס, גילה ששכח בבית את ארנקו עם תעודותיו והשוער, שלא זיהה אותו, מיאן להכניסו. כשרק אסימון בכיסו, נאלץ לשבת על ספסל סמוך, ולחכות בתור לטלפון ציבורי, באמצעותו יודיע למשרדי המו"ל שהוא בשער והרומן המוגמר בידיו. ההמתנה התארכה, וקוצר הרוח התגבר עליו. נשבר מרוב שיעמום, פתח את כתב-היד והספיק לפסקו לרבבת נקודות לפני שזומן להכנס.

147

The Soldiers and the Dogs

First one soldier took ill. He coughed dryly and wiped tears of blood from his eyes. Then the dog he liked to pet fell ill and infected all the other gray, hairy barracks dogs, and now each of them roved around in a swarm of flies. When the Commander became ill, he ordered the dogs shot and buried. Their suffering, therefore, was ultimately the briefest.

החיילים והכלבים

תחילה חלה חייל אחד. היה משתעל ביובש ומקנח דמעות של דם מעיניו. אחריו חלה הכלב שנהג ללטף, וממנו נדבקו שאר כלבי הקסרקטין האפורים והשעירים, שהיו מטיילים שם בטל, ועתה אפף את כל אחד מהם בשוטטו נחיל זבובים זמזמני. כאשר חלה המצביא, פקד לירות בכלבים ולקוברם. על כן היה סבלם של אלה, ככלות הכל, הקצר ביותר.

The Empty Aircraft Carrier

The empty aircraft carrier floated motionless at twilight. A nimbus of smoked traveled across the sky.

נושאת המטוסים הריקה

נושאת המטוסים הריקה צפה בלי ניע בין הערביים. בשמיים נעה חשרת עשן.

The Feral Girl

The feral girl grew up in a city, a captive of humans. She learned to call their calls, to wail their wails, to hunt their prey.

ילדת הפרא

ילדת הפרא גדלה בעיר, בחזקתם של בני האדם. למדה היא לקרוא קריאתם, ליַלֵל יִללתם, לצוד טרפם.

Ignition

One is always being sternly cautioned not to toss away a lit match, but when one wants to light a fire, one finds that it is not easy. Dry twigs, shirking their duty, balk at igniting. A flame may flap around on the paper like a fish.

הצתה

השלכת גפרור דולק היא מעשה שתמיד מזהירים מפניו בכל לשון של אזהרה,
אבל כשרוצים להצית מגלים שזה לא קל. זרדים יבשים מועלים בתפקידם ולא
ששים להתלקח. להבה עשויה לפרפר על הנייר כמו דג.

Cloudburst

I have frequently used words of cause and effect, for no reason other than that all things have a reason, and when there is freedom of choice—that too has a reason. Let us not make the mistake of thinking that everything, therefore, is predictable. I have my reasons and my readers have theirs, and if the rain fell due to a cloudburst, that is its own reason, which at present it has given us no cause to disbelieve.

שבר ענן

הרביתי שימוש במילות סיבה ותוצאה, ואין זה אלא מפני שלכל הדברים סיבות, וכאשר הרשות נתונה – הרי גם לכך יש סיבה. בל נטעה לחשוב שהכל, אי לזאת, צפוי. לי סיבותי ולקוראי סיבותיהם, ואם הגשם המטיר בגלל שבר ענן, הרי זוהי סיבתו שלו, אשר לפי שעה, לא סיפק לנו טעם שלא להאמין בה.

The Poet

The convicts waited in line for the axe with their heads under dark burlap sacks. The sharp scents of the fabric and their sweat mingled. Crude ropes were tightened around their wrists so that the blood was cut off from their hands. A poet in the crowd looked on, and in his notebook he likened his days to the inmates, and his nights to the blade of the axe.

המשורר

הנידונים עמדו בתור לקרדום וראשיהם עטופים בשקי יוטה שחומים. ריחם
העז של הבד וזיעתם שימש בערבוביה. קרוב לפרקי ידיהם חבל גס הודק
עד התק הדם מכפיהם. מהקהל השקיף משורר, ובפנקסו דימה את ימיו
לנידונים, ואת לילותיו ללהב הקרדום.

The Sculptress

For some time we have been passing by here repeatedly, and your work is always covered with fabric. What are you sculpting?
– A memorial.
– In memory of what?
– Your anticipation.

הפסלת

מזה זמן רב אנו שבים ועוברים כאן, ותמיד יצירתך לוטה בד. מה מפסלת
את? – אנדרטה. – לזכר מה? – ציפייתכם.

The Screech of the Crane

In the window stood a girl and in the branch opposite her a nightingale, and the nightingale was distraught because he heard a crane screeching on the other side of the forest. He decided to imitate the crane's screech like a parrot, so that the girl would hear how grating it was, commiserate with him, and share in his dislike of the crane.

As soon as the girl heard the screech, she cupped her hands over her ears, closed the window, and drew the curtains shut.

Wait!—the nightingale thought of saying—The screech is not mine! I hate it just as much you do!

צווחת הכרוכיה

בחלונה ניצבה ילדה ובענף שאל מולה זמיר, והזמיר נרעש היה כי שמע מעבר ליער ציפור כרוכיה מצווחת. על כן היה בדעתו לחקות את צווחת הכרוכיה כמו תוכי, על מנת שתשמע הילדה מה צורמת היא, תבין ללבו ותחלוק עמו את סלידתו מהכרוכיה.

מיד כששמעה הילדה את הצווחה, אטמה אזניה בכפיה, ואף סגרה את החלון והסיטה הווילון. חכי! – חשב הזמיר לומר לה – לא שלי היא הצווחה! אני שונא אותה ממש כמוך!

The Tour Guide

A woman roamed from one land to another, thereby inadvertently avoiding seven lethal plagues. Forty sailors dragged their ship by its anchor to the shores of a peaceful colonial island and could move it no farther. My thick-bearded tour guide was lost forty-two years ago and has yet to find his way—which is why I hired him. A beautiful garden brimming with flowers in half the colors of the rainbow, with butterflies in the other half fluttering above them, and songbirds warbling pleasantly in evergreen trees, with a babbling fish pond in its center, and by the time you return from your travels the pond will dry up and the trees will wither, the birds will flee, the colors will fade, and there shall come up briers and thorns. Shall you not go?

מורה הדרך

אשה אחת צענה מארץ וארץ ושלא בכוונה, ניצלה אגב כך משבע מגיפות קטלניות. ארבעים מלחים משכו בעוגן ספינתם לחופי אי קולוניאלי שקט, ולא יכלו להרימו עוד. מורה דרכי העבדקן הלך לאיבוד לפני ארבעים ושתיים שנה וטרם מצא את דרכו – על כן שכרתיו. גן יפהפה, עתיר פרחים בחצי מצבעי הקשת, ופרפרים בחציים השני מרחפים על פניהם, וציפורי שיר מנעימות זמירות בעצים ירוקי-עד ובטבורו בריכת דגים מפכפכת, ועד לשובך מהמסע, הבריכה תיבש והעצים יקמלו, והציפורים תברחנה, והצבעים יכבו והכל יעלה שמיר ושית. הלא תצאי?

Further Up the Path

Further up the path I saw colorless peacocks. Further up the path from there I saw a girl with teeth like coals, peeling a strange fruit. Each layer of the fruit reveals another layer, and the girl continues to peel it endlessly. I ask every person who walks up this path not to frighten away the peacocks.

במעלה השביל

במעלה השביל ראיתי טווסים נטולי צבע. במעלה השביל הלאה משם ראיתי נערה, שיניה כעין הפחם, קולפת פרי מוזר. מתחת לכל שכבה של הפרי שכבה נוספת, והנערה מוסיפה לקלף עד בלי די. מכל העולים בדרך זו מבקש אני שלא יבריחו את הטווסים.

Why You Shall Not See Me on the Road

I have heard some travelers express their astonishment that no one has encountered me on the road, which makes the veracity of my stories suspect in their eyes. There is a prosaic reason for it: I avoid walking the middle course, preferring to step along the horizon.

מדוע לא תראוני בדרכים

שמעתי אנשי מסע משתוממים על שאיש לא פגשני בדרכים, דבר המחשיד
בעיניהם את אמינות סיפוריַ. לדבר סיבה של מה-בכך: איני נוהג לֵילֵךְ
בַּתָּוֶךְ, אלא מעדיף אני לפסוע לאורך קו האופק.

The Bureau of Animal Protection

Some rowdy children captured a chameleon and planned to throw it high up in the air to see if it would become transparent. I pulled out my cellular phone and quickly dialed the Bureau of Animal Protection. I turned away only for a brief moment of conversation, and when I looked back the chameleon and the children had disappeared.

הלשכה להגנת החי

ילדים פרחחים לכדו זיקית והיה בכוונתם להטילה גבוה באוויר כדי לראות האם היא תהפוך שקופה. שלפתי את מכשיר הטלפון הנייד והזדרזתי לחייג אל הלשכה להגנת החי. רק לרגע קט של שיחה הפניתי את גבי, וכשסבתי חזרה הנה כבר נעלמו הזיקית והילדים.

The Bureau of Transportation

The Bureau of Transportation is housed at the end of a one-way dead-end street, and consequently no one has ever come back from it to inform the driving public. On the roof of the Bureau is a helicopter pad, by means of which the Minister of Transportation comes and goes. If I fall in love, I will be sure to fall in love with the Minister. If it turns out like my previous affairs, I will comfort myself with the knowledge that I should have obeyed the traffic laws.

לשכת התחבורה

לשכת התחבורה שוכנת בקצהו של רחוב חד-סטרי שהינו ללא מוצא, ולפיכך, איש לא שב ממנה ליידע על כך את ציבור הנהגים. על גג הלשכה מנחת מסוקים שבאמצעותו באה והולכת שרת התחבורה. אם אתאהב, אדאג להתאהב בשרה. היה ותדמה זו לאהבותי הקודמות, אתנחם ביודעי כי שומה היה עלי לציית לחוקי התעבורה.

The Hermit

Early one evening every autumn, the hermit would appear in a public house in one of the villages, looking gaunt, with a long beard, dressed in tatters. When his identity was revealed he would be asked: What makes a recluse from the desert mountains suddenly seek company, libations, and the closeness of a woman? You will be maligned, people will slander you as not being a genuine hermit! To which he would answer: Indeed.

הנזיר המתבודד

מדי סתיו, לפנות ערב אחד, נהג להגיח אל בית-מרזח באחת העיירות הנזיר המתבודד, כחוש, ארך-זקן ובלוי-סחבות. כשהתגלתה זהותו היה נשאל: וכי מה לסגפן מהררי המדבר לבקש פתאום חברת אדם, טיפה מרה וקירבת אשה? הלא ידובר בך סרה – ילעיזו הבריות שאין אתה נזיר-מתבודד של ממש! לזאת היה עונה: אכן.

The Priestess and the Witch

In a fog, among gnat-infested ferns, the priestess found the witch. She immediately commanded her right-hand man to take the witch to be burned at the stake. The witch begged for her life and demanded to know what sin she had committed. After a short silence she was told: It was you who cast the spell that makes me persecute you! Replied the witch: Stop persecuting me and I shall undo the spell. Nay! growled the priestess's right-hand man, holding his knife against the accused woman's neck: You must first remove the spell!

הכוהנת והמכשפה

בָּעַרְפִלֶּת, בין שרכים שורצי יבחוש, מצאה הכוהנת את המכשפה. מיד ציוותה
על איש-ימינה לטול את המכשפה אל המוקד, וזו התחננה על חייה וביקשה
לדעת מה חטאה. בתום דומיה קצרה נענתה: זוהי את שהטלת בי את הלחש
שגורם לי לרודפך! אמרה המכשפה: חדלי לרודפני, ואסיר את הלחש. לא כן!
– נהם איש-ימינה של הכוהנת, והצמיד את להבו אל צוואר הנאשמת – עלייך
להסיר את הלחש תחילה!

177

The Exiled Empress

I took my pig to look for terfezias and other desert truffles in the scrubland. On our way we encountered the exiled empress and her entourage riding elephants. As she burnished her onycha with Karshina lye, she leaned out of the carriage perched atop her long-legged elephant and advised: Never should your empire spread too far; my own conquests were so excessive that my empire reached the four corners of the winds, and my exile is therefore exceedingly small and paltry!

Since that day, the pig and I try not to roam too far in our searches.

הקיסרית הגולָה

הלכתי עם חזירי לחפש טרפש וכמהין באדמת החורש. בדרך נתקלנו
בַקיסרית הגולה ופמלייתה, רכובים על פילים. בעודה שפה ציפורניה בבורית
כרשינה, גהרה לעברי מקרונה שעל גב פיל ארך-רגליים וְעֵצה: לעולם אל
תתפשט קיסרותֶך יותר מדי – אני הפרזתי לי בכיבושַי, עד פרושׂ קיסרותי
לקצות כל ארבעת הרוחות, ועל כן כה קטנה ודחוקה היא גלותי כעת!
מאז משתדלים החזיר ואני שלא להרחיק נדוד בגישושינו.

The Tale of an Author

I am writing the tale of an author who himself is writing a tale. He does not know if he will have time, but he hopes to finish his work before I do, for if I complete my story about him while he is still writing, his story will never be done.

מעשה בסופר

מחבר אני מעשה בסופר אשר מחבר מעשה אף הוא. אין הוא יודע אם יספיק,
אך מקווה הוא לסיים את מלאכתו לפני, שכן אם אחתום את סיפורי אודותיו
בעודו עמל – סיפורו לעולם לא יושלם.

The End of the Song

Why did you stop and where are you going?
– The performance is over and I must continue on my way.
– Your voice is so delightful, but I expected the chorus to recur and so I allowed myself to become distracted.
– The song is short.
– But you said your song would last longer.
– No, but rather I sang that, for those are its lyrics.

תום השיר

מדוע הפסקתָ ולאן את הולכת?

– תם המופע ועליי להמשיך בדרכי.

– כה ענוג קולֵך, אבל ציפיתי שיחזור הפזמון ולכן הנחתי לדעתי להתפזר.

– קצר השיר.

– הלא אמרתָ כי שירֵך יארך עוד.

– לאו, כי אם שרתי זאת, שכן הללו מילותיו.

The Blue Pear

On my travels I heard tell of the blue pear, a small azure fruit that grows on an ancient and singular tree on the outskirts of an expansive, barren plateau in a distant land. So flavorful is the blue pear that the moment it ripens the tree is descended upon by birds, who completely strip it of all its fruit. To protect their loot from their fellow winged creatures, they quickly fly away to consume it on mountaintops in the distant ranges, where the fruit's seeds are lost.

This legend aroused great hunger in me, as well as the recognition that I would not be sated until I could taste the fruit. So I traveled to the distant land and wandered its prairies until it seemed I had trod upon every single blade of grass down to the very last one. One day the wind was kind and whispered to me with the distant chirping of a flock of birds. I ran quickly toward the blue pear tree that stood out on the horizon, and as I got closer I saw that it was surrounded by the birds, who had come to gather the newly ripened azure delicacies. When I arrived, I enlisted my last remaining strength and managed to shoo them all away with my stick, but it seemed I was too late. Overcome by weariness, I fell asleep with my head on my knapsack in the shadow of the tree. As I dozed, the tree shed its last pear straight into my gaping mouth, and when I awoke I spat out its seeds into the palm of my hand.

And so it was that I tasted the most wonderful of all the world's fruits, yet I cannot speak to its flavor. However, I have hidden one of its seeds between the pages of this book.

האגס הכחול

במסעותי שמעתי את שמעו של האגס הכחול, פרי קטן ותכלכל שנותנו עץ
עתיק ויחיד במינו, בעיבורו של מישור רחב-ידיים ושומם בארץ רחוקה. כה
טעים הוא האגס הכחול, עד כי מיד ברגע הבשלתו עטות על העץ הציפורים
ומפשיטות אותו לחלוטין מאגסיו. בכדי לשמור על שללן מפני חברותיהן,
הן טסות איתו כהרף עין לאוכלו על הרמות שבפסגות הנידחים שברכסי
ההרים, ושם הולכים זרעי הפרי לאבדון.
אגדה זו עוררה בי רעב נורא, ואת ההכרה כי לא אדע שובע עד אשר יבוא
הפרי אל פי. לכן נסעתי אל הארץ הרחוקה ושוטטתי במישוריה עד שנדמה
היה כי כבר רמסתי תחת רגלי את כל עשבם עד לגבעולו האחרון. יום אחד
הטתה עלי הרוח את חסדה ולחשה לי ציוץ רחוק של התקהלות ציפורים.
אצתי-רצתי לעבר עץ האגס הכחול שהזדקר מקו האופק, ובהתקרבי נוכחתי
כי אפפוהו בנות הכנף, ללקט את מטעמיו התכלכלים שזה אך הבשילו. עם
הגיעי אזרתי את שארית כוחותי והצלחתי לגרש את כולן במקלי, אולם
דומה היה כי שאחרתי את המועד. עייפות גדולה נחתה עלי, ונרדמתי כשראשי
על תרמילי בצל העץ. בשנתי הפיל העץ את אגסו האחרון הישר אל תוך
פי הפעור, ובקומי ירקתי בכף ידי את גרעיניו.
כך ארע שאכלתי את המופלא מכל פירות החלד, ואין לאל ידי לומר מה
טעמו. ברם, הטמנתי בין דפיו של ספר זה גרעין מגרעיניו.

Hendibeh

In our remote village, most of the crops wither and not a single fruit tree strikes root in the soil. It is beloved only by a stray species of hendibeh, a supremely bitter, disliked variety of chicory that has been weeded out and forgotten everywhere else. Ill-fated as we were to be born here, hendibeh is our sustenance and it pleases our palates. Every few years, when the crop is particularly flavorsome, one of the villagers travels to town and tries to trade in it, as we trade in the fabrics made by our weavers. The attempt always fails, and from time to time it is repeated.

תמכא

רוב הגידולים קמלים באדמת כפרנו המרוחק ושום עץ פרי לא מכה בה שורש. אוהב אותה רק זן שוטה של תמכא, כעין עולש מר מן המר, דחוי, שבכל מקום אחר ניכשוהו ולא זכרוהו עוד. איתרע מזלנו להיוולד כאן והתמכא הינו פת לחמנו, וערב הוא לחיכנו. מדי כמה שנים, כאשר היבול טעים במיוחד, נוסע מי מבני הכפר עד העיר ומנסה לסחור בו, כפי שסוחרים אנו בארגים מעשי ידי אורגינו. תמיד נכשל הניסיון, ומעת לעת עודו חוזר ונשנה.

Acknowledgments

Thanks to the Ozes, Neta Shlezinger, Adam Rovner, Yaara Shehori, Noa Vichansky, Isobel Goldman, Peter Conners, and everyone at BOA Editions, and to Keter Publishing House for their kind permission to reprint the Hebrew.

About the Author

Daniel Oz grew up in Arad, Israel, and lives in Tel-Aviv where he co-runs the small publishing house *Gnat*. Aside from this book of micro-fables, he is the author of three collections of Hebrew poetry and is also an award-winning composer of instrumental Jazz.

About the Translator

Jessica Cohen was born in England, raised in Israel, and lives in Denver. She translates contemporary Hebrew prose, poetry, and other creative work. She shared the 2017 Man Booker International Prize with David Grossman for her translation of *A Horse Walks Into a Bar*.

BOA Editions, Ltd.,
New American Translations Series

Vol. 1 *Illuminations*
Poems by Arthur Rimbaud
Translated by Bertrand
Mathieu with Foreword by
Henry Miller

Vol. 2 *Exaltation of Light*
Poems by Homero Aridjis
Translated by Eliot Weinberger

Vol. 3 *The Whale and Other
Uncollected Translations*
Richard Wilbur

Vol. 4 *Beings and Things on Their Own*
Poems by Katerina Anghelaki-
Rooke
Translated by the Author in
Collaboration with Jackie
Wilcox

Vol. 5 *Anne Hébert: Selected Poems*
Translated by A. Poulin, Jr.

Vol. 6 *Yannis Ritsos: Selected Poems
1938–1988*
Edited and Translated by
Kimon Friar and Kostas
Myrsiades

Vol. 7 *The Flowers of Evil and Paris
Spleen*
Poems by Charles Baudelaire
Translated by William H.
Crosby

Vol. 8 *A Season in Hell and
Illuminations*
Poems by Arthur Rimbaud
Translated by Bertrand
Mathieu

Vol. 9 *Day Has No Equal but Night*
Poems by Anne Hébert
Translated by A. Poulin, Jr.

Vol. 10 *Songs of the Kisaeng: Courtesan
Poetry of the Last Korean
Dynasty*
Translated by Constantine
Contogenis and Wolhee Choe

Vol. 11 *Selected Translations*
W. D. Snodgrass

Vol. 12 *Sea-Level Zero*
Poems by Daniela Crăsnaru
Translated by Adam J. Sorkin
with the poet and others

Vol. 13 *Crossing the Yellow River:
Three Hundred Poems from the
Chinese*
Translated by Sam Hamill with
a Preface by W. S. Merwin

Vol. 14 *Further Up the Path*
Flash Fables by Daniel Oz
Translated by Jessica Cohen

Colophon

BOA Editions, Ltd., a not-for-profit publisher of poetry and other literary works, fosters readership and appreciation of contemporary literature. By identifying, cultivating, and publishing both new and established poets and selecting authors of unique literary talent, BOA brings high-quality literature to the public. Support for this effort comes from the sale of its publications, grant funding, and private donations.

———

The publication of this book is made possible, in part, by the special support of the following individuals:

Anonymous x 2
Gary & Gwen Conners
James Long Hale
Sandi Henschel, *in loving memory of Anthony Piccione*
Melanie & Ron Martin-Dent
Joe McElveney
Boo Poulin
Deborah Ronnen
Steven O. Russell & Phyllis Rifkin-Russell
William Waddell & Linda Rubel